烏帽子山綺譚

浅井眞人詩集

EBOSHIYAMA KITAN

Asai Masato

ふらんす堂

時はゆくが　またもどってくる　同じ顔してもどってくる

目次

序

少々高い台地のうえに　烏帽子山《えぼしやま》という山があった
その名のとおりの形をしていたが　くたびれて傾き　今にも崩れそうだった
どういうわけか　満月がそのうえをとおると　わずかに斜面がへこみ
それを繰り返すうちに　烏帽子のかたちになった
その山麓に　小さな村があった
消防団長が　のど飴を頬張りながら　郵便配達に言ったこと
四月から五月にかけて　大満月の頃にそれは起こる
人がものに変わってしまうと
水分神社《みくまりじんじゃ》の縁起絵巻にも　その様子が画かれ　それは何かの約束事とも言われている

烏帽子山綺譚

イ　水分神社《みくまりじんじゃ》前

①

五位鷺が　水分神社《みくまりじんじゃ》の檜皮葺《ひわだぶ》きの大屋根に止まって　見下ろしている

水分は　古きよき神　国々に水恵む神　子授けの神
社の前を　白々と一筋　烏帽子川が流れている
対岸に軒を並べて　小さな旅館　カフェ　荒物屋　豆腐屋　古物商
山菜ご膳　柿ケーキ　旅愁まんじゅう　蕗の佃煮
自慢の品書きが戸に貼ってある
戸には雨の痕がついている
村で　一番往来のあるところだ
かって　この川には山椒魚《さんしょううお》が生息していた
いまは銀色の波のした　何がいるのか知らない
旅館の中から泊まり客がひとり
川を眺めて朝餉をしたためている
うしろにある　村でたった一つの真空管テレビが　月ロケットを映している

いつのまにか懐手した五位鷺は　橋の下にきて　川面ばかりを見ている
橋は反《そ》り橋　ここを渡ると
楼門の中は　先駆けて　匂いのよい野菜籠のように　若葉で溢れている

②

楼門の柱に　お札《ふだ》に交じって　夕焼けのつくりかたが貼ってある
「ぱちぱち　はねるので御用心　人のいぬところで
　ベンガラに赤唐辛子と熱い赤埴を　加減良く混ぜる」としてある
貼り紙の端に画いてある　烏帽子山と　夕焼けを山盛りにした茶碗

③

雨戸を閉める音が　烏帽子山にこだまするとき
音は　麓にあいた小さな穴から　烏帽子山の大きな虚《うつ》ろに入る
茜雲が　煤黒《すすぐろ》に燃え尽き　お山の虚ろに紙埃が充満するとき
雨戸の音は　雷鳴に変わり　発火をはじめるという

烏帽子山ののぼり口には　大柊が立つ結界門があり
子供と火が入ることを　許さない
子供は　穴に落ちていなくなり
火は　お山をなくしてしまうと

子供が生まれると
柊の花匂うとき　村人は　月の出を待ち
烏帽子山にのぼり　下弦の月を拝する
その子のために　村人はみんなで　下弦の月を拝む
そのとき　一度だけ　子供はお山に入り　祝福される
家々は　屋根の上に　青御幣《あおごへい》をたて
その夜は更けても　雨戸は開けたままにしてある

下弦の月を拝んでいる写真が　旅館の食堂に貼ってある

④

昼餉をすまし　舎人《とねり》さんが微睡《まどろ》んでいると
どどん　どどんと　地響きがして　楼門で止まった
おおいそぎで　足音が　山を駆け下りてきたのだ
そいつの影が　あまりにも速かったので　追いついてこれなかったのだ
そのあと　春の嵐が山桜にどんとあたり　残り花の枝が一斉に揺れた

⑤

水分神社の豊水祈願に
消防団長の狩衣《かりぎぬ》さんが　のぼったばかりの下弦の月に向けて放水すると
拝殿の空で藤色に変わり　動かなくなった
そのあと　水をたっぷり含んで　大屋根に落ちた
すぐに剝がしたが　月の型が残り
しばらくすると　そこから若木が生えてきた　桂の木だった

⑥

都に　戦が絶えなくなった　その昔
月は　紙でできていた
月は　幾つも燃え落ちて　舎人さんの遠い祖先は　幾つも月をつくった
そのうちの　ひとつが　流れていった
あるとき　大山《だいせん》の月は　いつもしろじろしていると　消息がきたので
遠い祖先は　黄蘗《きはだ》の山で染料をつくり　伯耆の国の月を　着色しに行った

⑦

どこかから　流れてきたものだった
拝殿の空で　黄丹《おうに》色の月が　褪色しはじめた
舎人さんが　楡の木にのぼり　月を剝がしたとき
もう漆喰のように白くなっていた
よく見ると　源平時代の古地図《こちず》だった
手で揉んでいるうちに　発色をはじめ　黄丹色にもどったので
もとの空に　貼り付けておくと　またどこかへ　流れていった
神職たちの烏帽子は　古くから　その色だった

⑧

音無《おとなし》さんは　三日月《クレセント》の裏側を調べていて　黄色い光の仕組みを見つけた
それで　電信柱の電燈の光を黄色くしたが
見慣れぬ影がいくつも出て　村人は　歩きにくいと小言を言った

⑨

上弦の月の夕まぐれ　村人は谷底の道で　綱を引っ張っていた
月の方を向いて　五、六人で引っ張っていたが
ぴんと張った綱が　梢を打つと　辛夷の花が散った
村人は　ちりぢり家に向かいはじめても　顔はまだ月の方を向いていた

そのあと　音無さんと南斗《なんと》さんは
地球《アース》が回るたびに名前が変わるカフェ「膨《ふく》らむ」へ行き
ふたりで　玉露ソーダを飲みあった
上弦の月が烏帽子山に傾き　グラスの底に　緑色の三日月《クレセント》があらわれると
窓から入っている糸を引っ張って　月の引力を試した

⑩

釜焚きの直垂《ひたたれ》さんは
夜遅く帰って　しゅしゅぽっぽは　いいなと　食事をしている
遠くで雨ざらしの信号機《シグナル》が　瞼を閉じたり開けたり　繰り返す音がしている
ごとりと　茶碗を置く音が　山の端に響く
上弦の月は　庭の躑躅《つつじ》に傾き
これを愛でよと　躑躅は赤い

⑪

黄蘗《きはだ》色に満月が明るい宵は
帰れなくなった鍋と釜としゃもじの影が飛ぶことがある
妊婦の影も飛ぶことがある
地球《アース》が回るたびに　カフェのピアノは　鍵盤が並び替わる
直垂さんは　三分間の短い「叡智の山」を　弾きに来る
いつもそればかり弾いているので　よどみなく弾く
ピアノの音はしないが　村の人たちは　わかる
その夜　烏帽子山の山肌が　うっすらと赤く光りつづける

⑫

名前の変わったカフェ「ひてん」
珈琲を焙煎するけむりは　行き場所をうしない
三人の非番の車掌の影が　天井で　扇風機の羽根になって回っている
一人娘の名は花梨《かりん》　ここを出たいと言えない十五

ぐるぐるまわることは　いいことです　ぐるぐるまわすと
うれしいことが　からだのすみずみまで　いきわたります
わたしを　まわしてください　こまのように
そして　うれしさが　からだのどこにも　いつまでもはいっているように

ぐるぐるまわるのは　しかたのないことです　ぐるぐるまわすと
かなしいことが　からだのすみずみまで　いきわたります
わたしを　まわしてください　こまのように
そして　かなしみが　からだのどこにもはいって　うすれてしまうように

モカ・マタリを飲みほして親父は　旅愁まんじゅうを口にしている
烏帽子川の　さざなみが　ちいさく砕けている

⑬

満月は　まんじりともしない
風呂の壁を　木蓮の影が歩いている
舎人さんは　新しくつないだ紙に「火の用心」を書いて
烏帽子山に　お礼を言いながら　台所の栗の梁に貼り付けた
鼻腔細胞に　狼煙の匂いの粒が　ひとつ付いている

「火の用心」は　どの家の台所にも貼ってある
家によって「火乃用心」や「火の要心」また「火の要慎」だったりする
子を肩車して　柱時計のぜんまいの穴を覗かせている
赤い花をつけた椿の木が　白い太股でやってきて　家の横に座った
長けた土筆は　一本もはぐれまいと　明るいところに固まっている
舎人さんは　また外に出て　ボルトのねじ山がつぶれていないか確めている

⑭

月が膨らむと　雁ヶ音《かりがね》さんは
頭から短い弦《つる》が伸びて　物忘れをする
電燈を消し忘れて　自転車置き場にもどった
ぼんと音を鳴らして　スイッチを切ると
窓から月光が射し込み
じぃーあっつ　じぃーじぃー　じぃーあっつ　じぃーじぃー　ペダルが回った
ぱたんと軒の庇がはずれると　白いのりしろがあらわれた

⑮

満月がかがやくと　丸いものがよく売れるので
夜半まで開いている荒物屋

店の前を　飛び魚売りの軽トラックが　通った
方向指示器が　飛び魚の羽根のかたちに　飛び出す
海辺の町から迷い込んだ電信柱は　錨の印《しるし》が打ってある

店先には　一夜で　髭が　鉛筆ほどの長さに伸びる親爺がいて
箒を肩に　転がり散った　ものの影を集めていた
おおざる　ごとく　かなひばし　じゅうのう　ひしゃく　おけ　ばけつ
月光の風が　吹きつけたのだ

⑯

満月の光が屋根を叩く音で
じいさんからのモールス信号を受信するつーとばあさんは
その夜　髪が　鬣《たてがみ》のようにのびる
荒物屋に手を貸そうと
集めたものの影を　なかが朱い紙袋に入れて締めた
袋の中が　わさわさわさと　うごいた
豆腐屋の看板は　□△○
烏が　飛んできて　その看板に止まり
丈夫な嘴《くちばし》を　錆びた音で　開閉させている
烏に変わった裁ち鋏が　紙袋を切りたがっているのだ
楡の梢から　かくかくかく　半月《ハーフムーン》が落下した

⑰

豆腐屋の豆腐は　硬いが　大豆の精を蓄えている
この世に　少しばかり　息をしにきただけだと　世を拗《す》ねた人が
その豆腐を食べて　生まれてきた訳を　考えるようになった
旅人になったその人は
ときどき　上弦の月から　おりてきて　眠っている豆腐屋の戸をたたく

荒物屋の笊は　いびつな円だが　するっと水が切れる
何をやっても　うまくいったためしがないと　世をうらんだ人が
その笊を手にして　生きている意味を　考えるようになった
旅人になったその人は
ときどき　下弦の月に　のってきて　夜なべする荒物屋の戸をたたく

⑱

「鮫出没」の看板が黄色い
古物商の店に　置かれているのは渦巻きだった
太い渦巻きで　まるで鋳物のようだった
直垂さんが　烏帽子川の淵でつくって持ってきたが
そのようなものは求める者もなく　埃を被っていた
いつもジーンズの尻ポケットは　海よりも青い
店の親父が　そっと転がして　満月のしたに出すと
渦巻きは　たちまち白煙をあげて　バケツ一杯の水にもどった

⑲

最初　この村が　いやだった
目に見えないものが　たくさんいるのだ
それが　困ったとき助けてくれた
それに月の光が　見たことがないほどきれいなので　気に入った

古物商の女将《おかみ》さんは
むかし仏蘭西で覚えたシャンソンを口ずさみながら
自転車を漕いで　靴下を編んでいた
月が欠けて　黄葉《もみじ》色になった

寝静まったあと
月が　枯葉に変わる音を　空に響かせた
その音で　目が覚めたが
戸の隙間から見ると　それは　なんともいい踵《かかと》の色だった

⑳

標本壜に入れておいた茄子紺の空が　枯葉色に変わり
善一さんが　姿を消した
人々は　ほうぼう捜したが
満月の光のした　川の土手を覗くと　翡翠《かわせみ》の巣に座っていた
「ののかげり」というグライダーをつくった技師の背中には
この世のものでない　青い筋が出ていた

口ぐせは知恵を出そうだった
工夫が大事　工夫こそ大切と言った
そのとおりにすると　何かが思わずよくなるので　人々は工夫と聞くたびに喜んだ
烏帽子山村のために　十分尽くしたと　人々は言ったのに
烏帽子山村は　おかげでずいぶん暮らしよくなったと　みな言ったのに
善一さんは　それでもなお　まだ善いことをしてお返ししたいと応えた

善一さんは　もう長大な嘴をつけていた
その先端には　祝福の印　小さな月光の箔が押されていた

またいつでも　出会えるけれど
お別れは大事　見送りこそ大切と

人々は　こぞってその姿を見に来た
小さい容れ物に収まった善一さんは　嘴が収まらず
烏帽子川の飛沫《しぶき》がはじける岩場に向かって　送られるとき
風をはらんだ浅黄幕《あさぎまく》が　玄関でごろんごろんと鳴った

㉑

地球《アース》が　同じ方向にばかり回転していることで　旅愁は生まれると
しかも旅愁は　人も　ものも　知らぬ間に　はかなくしてしまうと
だれかが言って　そのままになっている
おおしかし　だれが　その回転を止めることができようか
烏帽子山村のカフェの親父は　地球が回るのでいそがしい
名前の変わったカフェ「羽根ぼうき」
その軒にある　電信柱の明かりのしたに
善一さんのオート三輪は　置かれたままだった
南斗さんが除《の》けようと　運転席のドアを開けると
道に　分度器　雲形定規　コンパスや
アンモナイトの影が飛び出し　閉めると引っ込んだ

㉒

名前の変わったカフェ「月蝕」に　南斗さんと音無さんはいた
南斗さんは　桃の葉のかたちのグラスを　渡した
枯葉色だったが　玉露ソーダを注ぐと　青葉に変わった
音無さんが飲むにつれて
次第に枯葉があらわれて　ついに一枚の枯葉にもどった

何かが満ちると　何かが消える
何かがあらわれると　何かが見えない
はかないものが　またあらわれる
変わりながらめぐるということを
もうもどらないと　覆いかくしても
またもどってきて　なぐさめる
それでも　時は　なぐさめにくる

時は　きのうもあしたも　姿を見せない
手のなかの青葉が　枯葉になるとき
その手は　もう違う人の手だとささやく
何度でも　気づくまで　ささやきに　もどってくる
あなたは　ほんとにあなただろうかと

時が　はかなく過ぎていく　と
音無さんは　グラスを置いた
それでも　はかなく過ぎていく　と　南斗さんは　また注いだ

㉓

つまらないことにかまけて　一日を過ごしてしまったと
南斗さんは　日暮れに　赤い白堊《チョーク》で赤い髭を　青い白堊で青い髭を　顔に半分ずつ描いた
その顔で　夜更けまで盛衰記を読んでいた
つわものたちは　おおくの不始末を残したまま　消えてしまった
人は　片付けないで　逝ってしまい　しかもそれを繰り返す
物語が　赤い髭と青い髭の境目にきた
忘れてしまおうと　つづけて読んでいるあいだに
その夜　ちょうど　こんなことだというように
川筋を　もどるはずもないあの下弦の月が　消えない悔恨の痣《あざ》をつけて
千々に砕ける水面を　また照らして帰ってきた

㉔

うかうかと暮らしていたら　もう眉月になってしまった
名前の変わったカフェ「真空」で
人々は　泡立つ玉露ソーダを飲みながら　その夜を惜しんだ
この世に　時間があるはずもないのに
だれかが　時を　流していた
だれかが　星に　油差しで油を差すように

善一さんは　「ののかげり」をつくった
そのうえ　善一さんは　何の心配も不始末も残さなかったと
だから　善一さんは翡翠になったと　誰かが言ったとき
地球《アース》の回転する音がして
音無さんの膝に　旅愁が　かりかりに焼いたピザトーストの皿を置いた
みんなは顔を見合わせ
烏帽子川を忙しげに飛ぶ　青い宝石の姿を思い浮かべた
そんなとき　ペンダントライトが　ぴかぴかとよく瞬いた
そのあと　言うことはいつも同じで
「烏帽子山村は　いつまでも変わらない」だった

㉕

烏帽子山村は　旅人のように通り過ぎる電信柱の休憩処《おやすみどころ》
村が停電した
痩せた電信柱は　豆腐屋の前にいた
暗闇を歩いて行き　暗闇だから　かえってよく見えた

周りが穴ぼこだらけのバス停を通り
柚子色の郵便ポストの辻を曲がり
褪色した赤色燈の消防倉庫を過ぎ
烏帽子山まで行って　こつこつ山をたたくと　張りぼての音がした

山の皮をめくると　古い文字が見え　何重にも紙が貼り重ねてあった
山の皮は　読まれなくなった古物語や書き物や反古《ほご》などでできていた
月の引力で　張りぼての山は　頭頂がわずかに伸び　斜面がへこむ
衣桁山《いこうやま》まで行って　衣桁山をたたくと　同じ音がした

烏帽子山は　だれか　こつこつたたくので　体を硬くした
山のからだは　虚ろでできていた
山の虚ろは　増えもせず　減りもせず　湿りもせず　乾きもせず
明るくもなく　暗くもなく　静かでもなく　騒がしくもなく

限りあるのに　果てしもない
虚ろは　この世から消えたものがもどり　また生まれるところ
あらゆるものを　受け入れて　しかもあふれることがない

烏帽子山のうえで月は　虚ろとひびきあい　満ち欠けを繰り返す
電信柱は　山の皮に脚を突っ込むと　脇の下に　五色椿の花が咲いた

ロ　また帰る　虚《うつ》ろに帰る

①

満月の夜には
納屋《なや》に掛かった看板の漢字が解けて　かなに変わる
「じくとはぐるま　うけたまわりどころ　ひのようじん　いちうえもん」

②

一右衛門さんは天球儀の目盛りをひとつ緩めた
日の入りが遅くなり　また春が近づく
山の端のシルエットを　立てている時間をのばすことにした
古寺の塔のなかでは　今日も土でできたちいさな羅漢が　涅槃を嘆いている
それが特別なことに思える　節分立春とつながる日
地球《アース》は　水をかかえてまわり
月は　塑像のように　地球に影をおとしている

一右衛門さんの頭上には　檸檬《れもん》のかたちした銀河が膨らんでいる
いつか手が伸びて　誰かがその楕円銀河を　握り潰すときが訪れても
あるいは　思わぬ速さで黒鉛と化した暗黒のなかで
惑星たちが　ふいに回転を止めるときを　迎えることになっても
地球は　私たちを悲しませないだろう
まもなく　足音が聞こえる
一万分の一の旅愁をコートに包んで　郵便配達がやってくる
一右衛門さんに　また巡り来た寒い春に　お祝いの言葉を届けるために

③

暗黒に浮かぶ土星は　旅人の凍った帽子
だれかが　またそれを　取りに寄るのだろうか

④

一右衛門さんは　暗黒の掃除をする
炭俵は　今日も地球《アース》の周りをまわっている
軸をつくるには　清澄が必要で
暗黒に浮かんでいる大小の塵を　炭俵で濾し取るのだ

新しい炭俵から　電波が届いた
冬は見込みどおりの厳寒で　炭は乾いてぴしぴしとはじけ　電波はきよらかだった
炭俵が通ったあとは　高純度の暗黒となったが
地球と月のまわりにある暗黒は　一部黒鉛に変質していた
一右衛門さんは　それを使って　エンピツの芯をつくった
芯は溶けるようにのびて　えんえんと地球百周分を描いても　少しも減らない

炭俵については　ひとつ問題があった
地球のまわりには塵だけでなく　炭俵と同じほど大きなごみも浮かんでいて
それが衝突して　炭俵を壊してしまうことがある
思うに　もうひとつ　とにかく巨大な炭俵が必要だった
炭の無数にあるひび割れの隙間に　この炭俵が入ってしまうほど
さらに大きな炭と　それをたくさん詰め込んだ炭俵が必要だと
一右衛門さんは　暗黒に片脚を入れ　けぶる銀河を見ながら考えている

⑤

宝永の大噴火のときから　地球《アース》をまわっている炭俵は　交換するときだった
地軸の歪みを整えて
一右衛門さんが　梁につけた旋回装置の歯車を　ごとんごとんと二段おとすと
落ちてきた炭俵は　暗黒の塵を吸い続け　炭が硯石《すずりいし》に変わっていた

名前を変えたカフェ「たお」で
直垂さんは　干しイチジクのとろとろと熱い濁り茶を飲み干して
硯石を　善一さんのオート三輪に積み　烏帽子山に捨てに行った
暗黒に飛び出した塵を　また生き返らせるために

硯石たちは　麓にひとつ空いた底なしの穴に
塵とともに吸い込んだ十万夜の物語を　呟きながら落ちて行った
山肌に　月光があたり　ふすふす煙をたてている
直垂さんの背中には　緞帳の裏にあった「火乃要心」が貼ってある

⑥

膨らみはじめた月のせいで　人の影が　ラムネ瓶となってうごかない　その夜
舎人さんが　大寺《おおてら》から
巨大な鉛筆の燃えさしのような籠松明《かごたいまつ》を担いで　村に帰ると
オート三輪が燃えあがっていた
消防団が駆けつけたときは　灰になっていた
オート三輪は　張りぼてで　反古を貼り合わせてつくってあった
荷台のあったところに　まだ熱くなった硯石が一個残っていて
隕石のように発火したのだった
直垂さんが金火箸でつまみ　用心深く　烏帽子山の底なしの穴に落とした

烏帽子山の乾燥が続き
消防団の赤バイが　頻繁に巡回した
小満月のために　山の皮が焦げたというので
狩衣さんが見に行くと　バケツほどの穴から　月光が吹き出していた
穴の縁にかな文字が並んでいて
う　つ　ろ　に　か　え　る　と　読んだとき　危うく躓《つまず》いた

⑦

一右衛門さんの納屋には　歯車の箱が積み上げてある
歯車をつくることは　約束を守るのと同じほど大切だった
一つの箱に「自在の歯車」と書いてある
どのようなことでも　念じて回すだけで　それを叶えてくれる
自在の歯車は　まだできていない
だけど　これを使うことが　幸せなのかそうでないのか　わからない
一右衛門さんは　掌にのせた　黄蘗《きはだ》色した歯車の模型を見ている

⑧

烏帽子山のうえにきて　色が変わる月光
その月光を　家々に等しく塗る歯車式の装置がある
スピーカーのかたちで　村を見渡す大楡の枝につけられ
そこから　あるさざ波を出し
檸檬《れもん》　梔子《くちなし》　黄蘗《きはだ》　刈安《かりやす》　黄丹《おうに》　乳白《にゅうはく》　さまざまな月光色を塗り分けた

荒物屋の小屋に　吊した看板は「昼顔軟膏」
琺瑯びきで地色が藍　白練《しろねり》の文字色が　月光の波長に同調するので　浮かんで見える
いまではその「昼顔軟膏」に　少々黄が混ざる
そろそろ歯車を替えようかと　源兵衛さんが言いに来ているが
一右衛門さんは　返事をしない

⑨

一右衛門さんは　納屋の屋根に上って　竿竹で空を突《つっ》いている
舎人さんは　横にいて　容れ物で受けている
竿の先には上弦の月　その端から　何かを落としている
落ちてくるのは酵母で　もともと新月に付着していたものだが
炭焼き窯からのぼった煙が　満ちていく月にあたり　繁殖したのだ
まっすぐな軸をつくるのに　酵母の力が必要なのだ

この酵母も　元は善一さんかも知れない
この世界はフラスコで　人は塵でできていて　フラスコのなかを循環している
五位鷺になったり　山椒魚になったり　天魚《あまご》になったり
翡翠になったり　辛夷や百日紅となって咲いたり
ここで　生まれ変わりを繰り返す　フラスコのなかは　塵でいっぱい
一右衛門さんの納屋のフラスコには　村の小さな模型が入っている

そのフラスコを　時々一右衛門さんが揺らす

⑩

一右衛門さんが　納屋の奥から出てきた潜望鏡を修理していると
レンズのなかに　波のあとがあり　古い地球《アース》と月が閉じ込められていた
珈琲豆のように　干涸らびて　仲良くくっついていた
相互に出しあってできた光の痕跡を調べると
「気の遠くなるほどの時間をかけてもそれを厭わない光の遺伝子」
により密着したことを示していた
レンズをはずし　納屋の窓硝子に嵌《は》め込むと
通る人は　皆覗き込み　泪目のペンギン顔になった
旅愁につつまれた二つの天体　その簡素な曲線から　再び旅愁を受け止めて

⑪

一右衛門さんは　納屋の水道栓をひねると　檸檬《れもん》ソーダが出るようにした
上弦の月が傾く今夜　試し飲みをしている
うす茶色いガラスのコップに　檸檬ソーダをなみなみ注いでいると
ことことことと　月光が屋根をわたって行くのが聞こえた
表に出ると　誰かが自転車で　たおたおたお黄色い光を出して通った
前へ回ると　貝殻虫を顔のようにへばりつかせた月桂樹が　自転車を漕いでいた

⑫

満月の夜
月桂樹の影が　井戸に飛び込んだ
一右衛門さんが　余ったソーダ水を井戸にあけると　黄色い泡が底から吹きあげた
溢れおちる泡のうえに　呪いの人型の黒い紙が　一枚浮かんできたが
いわゆる　身代わりが見つかったということなのか
思いがけないことが起きるものだ
おかげで　その夜　一人の悪人が救われた

⑬

源兵衛さんは　名前を変えたカフェ「クレメンタイン」で　玉露ソーダを飲んでいると
明かり窓を破って　三日月《クレセント》の顔をつけた蛾が　落ちてきた
ここは　場所が違うと言って　じゅぼっつと　壁のなかへ　入った
壁に　三日月の滲《し》みがのこり
水拭きするとすぐ乾き　そこから桂皮《シナモン》の匂いがした

⑭

一右衛門さんが　うす茶色い瓶につめた檸檬《れもん》ソーダを飲んでいると
電信柱にあたっていた月光が
二、三本の竿竹になって　乾いた音をたてて倒れた
表に出ると　源兵衛さんが月桂樹に変わるところだった
その影に檸檬ソーダをかけたので　下半身だけ月桂樹になって　止まった

⑮

一右衛門さんは
家の雨戸に貼りついた月桂樹の影を　剝がしていた
剝がしてみると　ホッチキスの針のようなものが　一面に付いていて
影が　ゴムのようにのびた
手を離すと　今度は飛んでいき　ごとごとごとごとと　板塀に貼りついた

⑯

道の片側に　伊吹の木は　ソフトクリーム
軒のサインポールも　溶けて止まった床屋に
顔だけ残して　月桂樹になった源兵衛さんが座っていた
耳からでた長い毛が　靴ブラシのように硬い
床屋の親父が　店のなかで　追いかけているのは
白い文鳥になって飛び回る　鋏《シザー》だった
窓の外では　新月というのに　月光が　大木のように倒れている

⑰

月桂樹の影がかかっていて　道端の自転車は　動かなかった
一右衛門さんが　影を剝がすと
ヘッドライトから　ごろごろごろと　ソーダ水が吹き出した
ビニール袋でうけたら　海月《くらげ》になり
荷台にのせると　坂道でもないのに　ペダルが回り　自転車は家のかげに消えた
白い円グラフのような　車輪だった

⑱

源兵衛さんが　とうとう月桂樹になった
満月の光のしたで　もう　影がなくなっていた
人は　月桂樹になると　影が消えてしまう
幹の最初の枝に　祝福の印　小さな月光の箔がおされていた
一右衛門さんは　納屋に入った
いくつもぶら下がった鉤《かぎ》に　大きな靴の敷革《しきかわ》が　掛かっていた
月桂樹になった人の影だった
消える前に取っておいたが　どれも海鼠《なまこ》のようで　膨らみ反り返っていた

⑲

地球《アース》よ
旅愁につつまれている
烏帽子山の麓には　月桂樹の森がひろがっている
満月の夜　源兵衛さんが　運ばれていく
その森に行けば　いつまでも生き続けることができるのだ
また帰る　虚ろに帰る
おお　烏帽子山の虚ろよ　虚ろに根を張る月桂樹よ
烏帽子山こそ　命の源　万物のゆりかご
月桂樹は香る　その森のざわめきを聴け
おお回転する　地球よ　まわれ
地球はまわる　その水音を聴け
止まらない　止まらない
万物は　地球とともに　回転して止まらない
おおそして　地球こそ　虚ろのなかに　浮かんでいる

八　石

①

石垣の　石から石を　わたってまわる
ひとつは赤い　石の鯛
ひとつは青い　石鮑《いしあわび》

石の鮑は機嫌がよくて　機嫌のわるい石の鯛
石の鮑に　追い越され
ますます　機嫌がわるくなる

まわっているうちに
どちらが先か　わからないのに

石の鮑が　ひとまわり　先にまわって　もとどおり
ふたつならぶと　機嫌がなおる

機嫌がなおった石の鯛　とてもめでたい石の鯛
もとより　鮑は機嫌がよくて
ふたつの石が　石垣まわる　石の鮑と　石の鯛

②

ゆるんでしまった石垣を　積みかえるというので
石積み職人が　老松《おいまつ》の下に　立っていた
注連縄をつけた隅石《すみいし》にむかい　口伝を三度呟くと
石垣が解け　石がころがり走った
山石　川石　梵字石《ぼんじいし》　逆さ地蔵に　柱石　畳ほどある石の鯛
石がひとつ　裏の竹林《ちくりん》に　ころがっていった

③

竹林に　半分埋もれた石がある
お祝いに行かない石がある
石は　ただひとつ　顔に渦を巻いている
渦巻きのある石は　鬼の臼歯
竹林に　よいあんばいの大きさだ

渦巻き石は　災いを招くので　何処へも行かない
鬼の臼歯は　不吉な石なので　呼ばれない
けれど　石は　待っている
気の利いた一言もある
おいで　おいでを　待っている

鬼の臼歯は　そこにいるけど　いない
晴れると　あらわれ　くもると　きえる
雛の節句も　ちかいというが
抜けた臼歯は　縁起がわるいと
竹の子さえも　そばに生えない

④

石が　でていって　竹林が枯れる
枯れた竹林を　石が　見に来る

⑤

お茶会が　はじまった
庭を　石が　とおる

お百度石が　とおる
道しるべの石が　とおる
厄除け石が　とおる

醜い顔のさざれ石が　とおる
社《やしろ》の鎮め石《しずめいし》が　とおる
駒つなぎ石が　とおる

硯石が　とおる
砥石《といし》が　とおる
燧石《ひうちいし》が　とおる

物置の戸が　あいている
ほうきとちりとりは　仲が良い

雪隠から　石がでてきた

草履をのせて　沓脱石《くつぬぎいし》が　疾走している

川原の洗濯石が　とおる
漬物石が　とおる
石包丁が　とおる

伽藍石が入ってきたので　庭がせまい
羅城門の柱石が　とおる
戒壇院の柱石が　とおる
極楽坊の柱石が　とおる

庭を　石がとおる
近道だから　とおる

二　またおいで　帰っておいで

①

消防団の赤バイが　たまに孝助さんを見に来る
孝助さんは　烏帽子山の奥で和紙を作っている

水の音を聞きながら　手を拡げ紙を漉《す》いていると　大岩魚《いわな》になる
思いがけないときになるので　山奥に住み
ひとりなので　石を並べて淵をつくってある
天魚《あまご》になった鉄道員が　入っていて
ときどき　石斑魚《うぐい》になった診療所の医師《せんせい》も　入ってくる
大岩魚は　晴れがつづくと　孝助さんにもどる

烏帽子山の頭頂が傾いている
源流なので　月にちかい
月のふくらむのが見える
いつのまにか泰山木　大男だった源吾右衛門さんの老父《おやじ》が　枝先に蕾をつけている

川石を　叩いてまわるのは　白鶺鴒《はくせきれい》に　黄鶺鴒《きせきれい》
辛夷の花が散ると
天魚の鉄道員や　石斑魚の医師らは　川をのぼりくだりする

岩に貼りつく　躑躅に皐月《さつき》
色とりどりの烏帽子山　命をめぐむ烏帽子山

②

阿形

烏帽子寺の山門のなかで　金剛力士が朽ちている
罅《ひび》の走った肋に　落書きが鄙びている
「時はゆくが　またもどってくる　同じ顔してもどってくる」

吽形

夕焼けが衰えていく
山門の柱に　手ぬぐいが掛かっている
手ぬぐいは　おろしたてで折り目が残っている
板壁の内側に　「護符」「おみくじ」「火乃要慎」のお札
その前に　盛り上がった金剛力士の背中がある
豆腐田楽が足元で　湯気をたてている
挨拶を交わし　村人が　姿を消すと
手ぬぐいのなかに隠れていた藍色の七福神が　それぞれの家に向かいはじめる

③

きよらかにすむ水の底　岩と見紛《みまご》う　その姿
悪事かさねて滅びた者か　生まれ変わりか　山椒魚

④

水を欲しがるその旅人に
源治さんが　水筒を与えると
栓を取るやいなや　その口に吸い込まれた
なかを覗いても　いなかった
烏帽子川で　水筒を浸けると
糖蜜が　どろりと出て
みるみる川底に人型がひろがった　山椒魚だった

満月の下を　山椒魚がついてきた
いつみても後ろにいるので
そのうち食いつかれるのかと心配だった
橋の袂まで来ると　いなくなり
水に入ったのかと見ると　川原にいて
月光の下で　自分の影を飲み込んでいるところだった
トランクのような口だった

⑤

満月は　欠けるのが速い
家の前で　山椒魚が咥えているのは　開運延寿青御幣《かいうんえんじゅあおごへい》
ガラス戸まで来て　その姿を映し見ながら　一呑みに呑みこんだ
口が　赤く
ぱらりと　顔の近くに　○△□を画いたノートが落ちてきたのを
また　一呑みした

烏帽子寺へ頭を向けるので
源治さんがついて行くと　山門の影に入った
戸のすき間から覗いているあいだに　一匹の鰐に変わり
前世を悔いているのか
尾っぽで祈りを捧げているのか
月の庭を　這い回った
背中に　○△□ができていた

⑥

源治さんは　舎人さんに　塩を返しに行った
摺り鉢一杯借りていたのを　二杯返した

家の横で　滝壺は　インクのように群青が泡立っていた

にわか雨がきたので
源治さんの軒で　雨宿りしていた電信柱は
せめて頭に　ばけつを被りたいと願った
荒物屋の前に　立ったが
まだ瞑想から覚めることなく　つながっていたので
ばけつを三つ求めて　三本が被ることになった
そのうち一本は　防腐剤を打たれて青ざめていた

⑦

源治さんは　狩衣さんに　烏帽子山の覚え書きを持って行った
どこに　どれほど穴があるのか　地図も付けて置いていった

烏帽子山の瘤に　膨らんだ月が凍っている

遅霜《おそじも》の予感がした
茶畑で　金柑色の電燈を点した電信柱が　おりてくるのに　出会った
交代番の電信柱で
背中が罅割れ　清流の大曲《おおまが》りに立ちに行くところだった

⑧

夕暮れの街を
長い喪服を着けた電信柱が　雲雀の子のお悔やみに行った
烏帽子山を越えて行ったので　日が暮れた
頭に付けた電燈が　暗くて
途中　文具店の軒先でクレヨンを削り　電燈の光に混ぜた

⑨

源治さんは　反古を集めて　烏帽子山の穴を貼りに行く
日の光があたらない麓には　忘れられた古物語が積み重なっていた
そこには　よほどのことがないかぎり行かない

反古を運ぶのは　オート四輪
フロントガラスは　川面の水を固めたガラス　ものにあたると水にもどる
燃料は　柿の巨樹のなかを　何度も巡らせて蒸溜した柿の葉雫
ねばねばの山毛欅《ぶな》の葉雫より　さらさらの柿の葉雫
雫皿《しずくざら》にのせた一滴で　烏帽子山から衣桁山まで　十往復する

車の軸は　一右衛門さんが　大時計の古針を鍛えて狂いがなく
全方位の東雲《しののめ》ライトを点し　いつでも何処へでも行けた
源治さんは　いつもかぶと虫のように山にいて　穴を繕っている

村人たちの安穏そのものだった
源治さんは　山の穴を繕いながら　呟くのが口癖
人として　生まれたことこそ幸せ
人として　変わらず生きることこそ幸せ　と

車の軸は　いつまでも　まわりつづけるかと思われた
ある時　源治さんは　そこに行き　古物語を荒らしてしまった
轍がつくった裂け目から　烏天狗があらわれた

⑩

とーとーとー烏天狗
とーとーとー烏天狗
老い杉の洞《うろ》に入《はい》れよ
古寺の鶏《とり》をさらうな
とーとーとー烏天狗
老い杉の洞に入れよ

をーをーをーぼた餅あん餅
老い杉の洞に供えよ
護符立てて洞の戸閉めよ
をーをーをーあんはつぶあん
老い杉の洞に供えよ

うーうーうー烏天狗
うーうーうー烏天狗
老い杉の洞の戸開けよ
古寺の鶏はうまいぞ
うーうーうーぼた餅除《の》けよ
真暗なる洞の戸開けよ

⑪

をーをーをー
をーをーをー

天つ罪　国つ罪　もろもろの禍事《まがごと》　穢《けが》れ　祓へたまへ　浄めたまへ

烏帽子山　老い杉高きみ山に居座《いま》す
祓戸大神《はらへどのおほかみ》　気吹戸主《いぶきどぬし》といふ神
もろもろの　罪科《つみとが》を　祓へたまへ　浄めたまへ
吹きたてて　かく吹きたてて　吹きたてて
古寺の鶏さらふ　烏天狗を　吹きたまへ
根の国　底の国まで　烏天狗を　吹きたまへ

烏帽子山　老い杉高きみ山に居座す
祓戸大神　気吹戸主といふ神
もろもろの　罪科は　祓へたまへ　浄めたまへ
吹きたてて　かく吹きたてて　吹きたてても
古寺の鶏さらはねば　烏天狗は　吹きたまふな
烏天狗は　穢れにあらず
老い杉に　うやまひて居れば　烏天狗は　吹きたまふな

をーをーをー
をーをーをー

天つ罪　国つ罪　もろもろの禍事　穢れ　祓へたまへ　浄めたまへ
祓戸の四つの大神　八百万の神々ともに
平らけく安らけく　平らけく安らけく
聞こし召せ　聞こし召せと　恐《かしこ》み恐《かしこ》みも　まをす

をーをーをー
をーをーをー

⑫

おーおーおー　烏天狗は　網のなか
おーおーおー　烏天狗は　小さいぞ

ほわっと　ほわっと　がいがいがい
でんぼる　でんぼる　がいがいがい

おーおーおー　烏天狗は　網のなか
おーおーおー　烏天狗は　にーおうぞ

黒装束に赤い足袋　黄色い鼻緒高足駄《たかあしだ》
常時《いつも》役立つ羽団扇　疫病神を吹き飛ばす
不時に役立つ胃腸丸《いちょうがん》　烏天狗は置き薬

おーおーおー　烏天狗は　胃腸丸
おーおーおー　烏天狗は　にーおうぞ

⑬

鉞《まさかり》の刃のように　あさましいものがのぼっていた
夜更けに　物騒なのは　下弦の月
烏帽子山から　こんなものが　でてくるのだ
咆哮が聞こえている
源治さんは　手回し式ライトを点し
山の斜面にきたとき　光の軸が噴水のように曲がった
糸埃が舞うなか　声の方に行くと
めくれた皮のした　あらわになった古物語が照らされていた
梔子《くちなし》色に降り注ぐ月光に「吉備津の釜」の釜鳴りがはじまっていた

⑭

包丁で切った下弦の月が　照っていた
山の皮が突き破られ　あいた穴を覗くと
闇の底に　川水が匂い　白玉が散っていた
芥川から　鬼がいなくなったという
物語からぬけだした鬼は　たちまち弱る
遠くへいくはずもないと
物差しほどに細い　光の道をたどると
川をくだった向こう岸で
月光を頭にうけた鬼が　陶器のように割れていた

⑮

行き惑った鬼が　橋に刻んだうた

とどろとどろ　とどろとどろと　鳴る板橋を
渡る板橋　どろどろと　踏めば板橋　どろどろどろと
渡る板橋　渡らぬ時も　とどろとどろと　鳴る板橋を
とどろどろどろ　とどろどろどろ　鳴らして渡る板橋を

⑯

源治さんは茶碗の底をのぞいていた
錆がでていたのだ
茶碗に錆なぞと思ったが
何度見ても　やっぱり錆だった

錆の浮いた茶碗でご飯を食べると
雀が　からだに　あらわれた
はじめに　手に出て　顔にでた
微塵とくだけた　雀が一羽
顔いっぱいに　ちらばった

源治さんは　両手で　撫でた

⑰

大満月がとおるというので
名前の変わったカフェ「かぐや」で　サイカチソーダを飲み干すと　みな家に帰り　待っていた

窓に嵌めた潜望鏡のレンズのなかで　月が膨張している
大満月の光は　長時間浴びると　体を蝕むと
古物商の女将さんは　枯葉色のパラソルを差し
つーととばあさんは　軒から出るとき　盥《たらい》を被っている

音無さんは　古い月光が塗られた烏帽子山縁起絵巻を　梁から垂らして　読んでいる
源吾右衛門さんは　屋根から転げ落ちた火難除けの「水」の字をつくり直している
舎人さんが匂いを嗅ぎながら畳むのは　物干し竿で羊のように膨らんだ白シャツ

雁ヶ音さんが覗くのは　オートバイの燃料タンクで　グリースになった桃の葉雫
水分《みくまり》の禰宜《ねぎ》は　鮫皮に変じた浅葱の袴で　ざらざらざら　大楠の影から影を飛び移り
南斗さんは　鰐の背中の○△□に　赤青黄と白堊《チョーク》を塗っている

月が沸騰すると　源治さんは紅白の髭が生えた
山の麓に貼られた古い日記「明月記」に
落下する直方体　ブリキ缶のような月光を拾いに行った

顔がつるつる映ったけれど　手にすることも精一杯で
がでいん　がでいん　いんいんいんと　転がり止まなかった

「ひのようじん」の祝詞をあげる禰宜のうえで
烏帽子山は　頭頂をとがらせ　折れ曲がっている
お山に　五色椿が咲き　虚ろに　五色の熱がこもる
お山の皮は　五色の熱を吹き
そのあと月光を吹きだす
お山にしみ込んだ古い月光を　三つの穴から　燈台のように吹きだす
出てくる光は　十カンデラ　五万カンデラ　百万カンデラ

夜もすがら　月光が吹きだす斜面に　村人がへばりつく
その夜だけ　お山の虚ろを覗けるのだ　命の源を拝めるのだ
大満月は　頭頂にある　消防団が　のぼっていく

お山の皮を剝がすな　穴をこがすな
年に一度の　大満月
お山は一度に　大噴光
燃えるぞ　燃える　移るぞ　移る
お山の穴に　火が熾り
旋回する　旋回する「ののかげり」　積んであるのは若葉のしずく百タンク

人々は　畏《かしこ》まる　五色の熱に畏まる
めでたくも　にぎにぎしく
となり町から　幔幕巻いて御神火列車もやってくる
色とりどりに身を包み　お山の御神火いただこうと
人々は　畏まり　押し寄せる
山に近づくと　幸せに近づくと
人々は　集まり　畏まる

祝詞を終えた　水分の禰宜は
社務所で　朱の蛭のような口髭が生える
その間に　炭酸せんべいを　五十枚　食べる

⑱

大満月の月光は　社殿の井戸にとけこんで
黄丹《おうに》烏帽子の神職は　井戸の青水汲み上げる
みな村びとに　加護あれと
みな生けるもの　幸あれと
その夜のうちに紙に漉き　敬いつくり奉る　開運延寿青御幣

⑲

十六夜の月は　冷めていた
源治さんの紅白の髭は　棕櫚箒ほどに硬くなった
戸を叩くものがいるので　表に出ると　誰もいなかった
あれは　昔の旅人の残り香が通ったのかも知れないと
冷えた柿の葉茶が　泡をたてている

十五の花梨の耳が　白い花になっている
雁ヶ音さんが　巨大な南瓜になって転がり
つーととばあさんは　蘇鉄に変わって　膝まで砂に埋まっている
月光の箔が押されていない　みな　じきに元にもどるのだ

源治さんは　体に貼りついた銀杏の影を剥がすと
背中に　黄蘗《きはだ》色の歯車がでていた
源吾右衛門さんの家に行くと　やっぱり背中に　朱の歯車がでていた
月光のした　背中合わせで　歯車を回しあった
お別れに　再びすることのない　スキンシップを交わした

⑳

月光の風は　びょうびょうと　吹きやまなかった
反古を山と積んで　源治さんのオート四輪は　止まることなく　定めなく
烏帽子山にさまざまな円弧を残した
山の皮が一枚剝がれ　「有り難し」の穴があいた

蟬が鳴いた　「有り難し」の蟬が
水分の弊殿《へいでん》や　反り橋で　カフェや　荒物屋の屋根や　古寺の涅槃図で
大楡の枝や　納屋で　針金に繫がれた電信柱で　風のように鳴いた

善一さんが翡翠になったときも　源兵衛さんが月桂樹になったときも
蟬は　鳴かなかったけれど
大満月に祝福された源治さんは　何にでも変われるのに　それを拒んだとき
蟬は　烏帽子山の森で　「有り難し」と　源治さんを　鳴いた
山の麓に開いた穴に　源治さんは　落ちて行った

㉑

音無さんと南斗さんは　溢れそうになった
溢れて　ふたりは　つながりそうだった
それで　頭に　ソーダ瓶の王冠のような栓をつけた
屋根にのぼり　煙突のように　空を眺めていた

二人は　虚ろに　呼びかける
まだ源治さんである源治さんに　混ぜもののない源治さんに
休んでいる暇《いとま》はないと
祝福を拒んだ人の　居場所は　そこではないと

またおいで　帰って　おいで
欅の枝から　でておいで
若葉となって　でておいで　しずくとともに　でておいで

葉っぱになるのが嫌ならば
源治さんで　でておいで
百年経ったらでておいで　千年経ったらでておいで

たんたんたんたん　どじょう顔の源吾右衛門さんが　戸を叩きにきている

とんとんとんとん　山女魚《やまめ》顔の郵便配達が　サドルを鳴らしている
今夕　小学校の運動場で　野外映画がはじまるのだ

ホ　五月闇

①

山門の柱の貼り紙が新しくなった
軒の電燈が　夜どおし照らしている
「烏帽子山村では　泥棒の足あとが　黒豆のように残ります
泥棒は足あとを残しますが　大火は　何ひとつ残しません
火《ひ》廼《の》要慎《ようじん》」

②

雁ヶ音さんは　雨戸を叩くものがいるので　開けに行くと
何か知れない新葉が一枚　すき間から　入り込んでいた
水分の神は　見えない
水配るのに　いそがしく　見えない
若葉の枝枝を　揺らして　渡っていく
水分の神は　追ってはいけない

③

大満月が　とおったあと
貼りかえられたお山は　若葉でおおわれる
源吾右衛門さんの屋根に「水」の字があがっている
烏帽子山村の五月は　若葉の牢獄
椎　欅　楠　椚　山桜　山毛欅　栗　柿　樫　山法師
どこにいても　埋め尽くされた若葉のために
村人は　出かけることがなく　終日村にいる

④

提燈《らんたん》あげて雨漏り捜す　金剛力士の影憧憧《どうどう》

発　行　二〇二〇年六月二〇日初版発行
著　者　浅井眞人 ©　〒636—0302　奈良県磯城郡田原本町宮古二四六
発行人　山岡喜美子
発行所　ふらんす堂
〒182—0002　東京都調布市仙川町一—一五—三八—二F
TEL（〇三）三三二六—九〇六一　FAX（〇三）三三二六—六九一九

詩集　烏帽子山綺譚《えぼしやまきたん》

ホームページ　http://furansudo.com/　E-mail　info@furansudo.com
装　丁　和　兎
印　刷　日本ハイコム㈱
製　本　㈱松岳社
定　価　本体二五〇〇円＋税
ISBN978-4-7814-1274-0 C0092 ¥2500E